HOMESTEAD
NID FAMILIAL
INDESTRUCTIBLE

PAR RAOUL FAY

CELUI QUI SE CONSTITUE UN BIEN INSAISISSABLE
EST TOUJOURS ASSURÉ D'UNE DEMEURE

Prix : 2 francs   J. Siraudeau, Imp.-Édit., Angers

RAOUL FAY

○ ○

LE HOMESTEAD

OU

Le NID FAMILIAL

INDESTRUCTIBLE

ANGERS

J. SIRAUDEAU, Éditeur

—

1912

PRÉFACE

Mon but, en écrivant ce petit ouvrage, est de vulgariser l'application d'une loi récente, une des meilleures qui aient été votées par le Parlement, et dont l'apparition a été unanimement bien accueillie par la presse politique de tous les partis.

La loi du 12 juillet 1909 sur le bien de famille insaisissable tend en effet à assurer l'existence des petites propriétés, à en augmenter le nombre, à protéger la famille du petit propriétaire, à enrayer la dépopulation des campagnes ; prévoyante et réparatrice, elle est vraiment moralisatrice et à ce titre elle ne saurait être trop connue et son application trop encouragée. Il a déjà été écrit beaucoup sur ce sujet, mais presque tous les auteurs ont traité la question sous une forme trop aride et trop savante, et leurs livres ont été peu lus surtout par ceux qu'ils intéressaient spécialement.

A la différence de ces auteurs, j'ai voulu, en présentant cette brochure sous une forme plus attrayante et en l'écrivant dans un style aussi simple et clair que possible, à la portée de toutes les intelligences, la faire remarquer, acheter, lire et comprendre par tous ceux auxquels elle s'adresse plus particulièrement : tous les ouvriers et paysans de France.

Puissent les esprits critiques excuser les défauts que peut comporter ce petit livre, en pensant qu'en le faisant, je n'ai eu en vue que d'accomplir une œuvre utile !

L'Auteur.

CHAPITRE I

AVANT LA LOI

———

Les publicistes, les économistes et tous ceux qui s'intéressent aux questions sociales ont depuis longtemps jeté le cri d'alarme au sujet de la disparition de la petite propriété foncière en France.

Si on recherche les principaux éléments de destruction des petits patrimoines on trouve : la dette hypothécaire, la saisie immobilière et la licitation.

Le petit propriétaire qui contracte un emprunt hypothécaire pour agrandir ou améliorer son petit domaine, pour le mettre en valeur, ou pour contrebalancer les conséquences d'une mauvaise récolte, fait presque toujours une très mauvaise opération. Il a d'abord à solder pour un emprunt généralement minime des frais énormes. Obligé ensuite de payer annuellement des intérêts qui ne l'acquittent pas, il arrive souvent qu'au moment de l'échéance du capital il ne se trouve pas en mesure de le faire, et, si son créancier est inflexible, c'est la saisie immobilière et la vente forcée de son petit bien.

Ainsi que le faisait récemment remarquer avec raison M. Ruau, ancien ministre de l'agriculture : « La moyenne annuelle des ventes judiciaires d'immeubles faites à la barre des tribunaux ou devant notaire a dépassé ces dernières années le chiffre de trente mille. » D'autre part, le Code civil dans l'article 815 dit que : « Nul n'est tenu de demeurer dans l'indivision », et l'article 826 pose en principe que chaque cohéritier doit avoir sa part en nature des immeubles dépendant d'une succession.

Lors donc du décès d'un de ces époux, petits propriétaires qui ont réussi, au prix de tant de peines et de tant de labeur, à acheter souvent tard dans la vie une petite maison, avec l'espoir d'y finir leurs vieux jours sans être dérangés, il arrive, s'il y a des enfants mineurs, que, conformément à la loi le petit bien doit être vendu par licitation ; et même si tous les enfants sont majeurs, il suffit qu'un seul de ceux-ci, pressé de jouir de sa part, le veuille pour entraîner (le petit bien n'étant pas partageable en nature) la licitation. Voilà donc le survivant des époux dépossédé, obligé de quitter cette maison, ce toit familial où tant de souvenirs l'attachaient. On dira que le survivant peut racheter sa maison, mais en aura-t-il toujours le moyen ? Il lui faudra compter avec l'ingratitude des enfants, la jalousiè des voisins, la convoitise d'autres petits propriétaires qui désirent le petit bien, se le disputeront aux enchères et mettront le conjoint survivant dans l'impossibilité de racheter. Même si le bien est partagé en nature, la part dans ce cas de chacun est si minime que chaque attributaire, ne pouvant la conserver la vendra. La peine qu'a prise le père de famille pour constituer son patrimoine est donc perdue et le but qu'il cherchait n'est pas atteint.

Le Code civil, en voulant maintenir une stricte égalité entre les héritiers, rend inévitable la licitation trop souvent ruineuse et contribue lui-même par l'application stricte de ses rigoureux principes à la diminution de la petite propriété.

« L'idée de protéger l'intérêt individuel des héritiers, nous dit M. Ruau, par la formation de lots de même nature et de valeur égale, inspiratrice du Code civil, n'est donc pas toujours favorable à l'intérêt de la famille ; l'héritage peut se trouver diminué, dispersé, anéanti avec d'autant plus de certitude qu'il sera plus petit. »

Il faut tenir compte aussi des importantes modifications amenées par le machinisme dans les conditions de production et de transport ; la vapeur et l'électricité ont bouleversé dans tous les domaines les traditionnelles habitudes de la race, les centres économiques se sont déplacés, et ce au détriment de la petite propriété foncière.

Si l'on ajoute à cela certaines modifications du régime douanier, on ne s'étonnera plus que tant de causes dissolvantes aient compromis l'avenir du petit bien familial trop faible pour leur résister. La conséquence a été la dissociation du foyer familial et l'exode toujours plus accentué des habitants des campagnes vers les villes. Le paysan ruiné par la vente forcée de son petit bien, découragé, ne reste pas dans le pays, il s'en vient en ville sans métier, humilié, sans ressources, sans expérience et ne tarde pas à tomber dans la misère.

Contre ces maux des palliatifs furent expérimentés, sans grand succès d'ailleurs : les caisses de retraite, les syndicats de tous genres, les institutions de crédit agricole, les entreprises d'assurance et de réassurance se multiplièrent, mais leur bonne volonté ne pouvait enrayer un mal aussi profond.

La question se posa alors pour les économistes et les législateurs de savoir s'il ne fallait pas, pour assurer l'existence de la petite propriété et enrayer, si possible, la dépopulation des campagnes, faire une loi d'une nature spéciale. Vers 1896, M. Léveillé, professeur à la Faculté de droit de Paris, député de la Seine, présenta au Parlement un projet de loi, destiné dans son idée à rendre à la petite

propriété foncière une stabilité sérieuse.
Le système nouveau qu'il préconisait se
résume en un mot « le Homestead »,
dénomination empruntée à l'Amérique du
Nord où l'expérience avait été tentée
depuis quelque temps déjà avec des résultats rassurants.

Un jurisconsulte américain, Rufus
Waples qui a écrit sur ce sujet un
important ouvrage, définit comme suit
ce nouveau mode de consolidation du
bien de famille. « Le Homestead est une
résidence de famille, impliquant possession, occupation effective, limitation de
valeur, exemption de saisie, aliénabilité
restreinte, le tout conformément à la
loi. » Comme on le voit, c'est tout simplement une assurance contre l'imprudence
ou l'imprévoyance, souscrite par le chef
de maison au profit de sa femme et de
ses enfants. Selon la belle expression de
M. Bonnat : « Le Homestead est le vête-
ment de pierre de la famille. » On ne lira

pas sans intérêt l'exposé des motifs du projet de loi de M. Léveillé.

« Les Américains du Nord pratiquent depuis un certain nombre d'années une institution, le Homestead, qu'il serait bon d'introduire en France, et dont le projet de loi actuel a pour but de jeter les bases fondamentales. Grâce à l'expérience poursuivie au-delà de l'Atlantique, grâce aux études savantes de nos compatriotes, il est aujourd'hui facile de définir le Homestead avec précision et d'en signaler les effets bienfaisants.

« L'Américain du Nord, qui veut assurer l'avenir des siens, choisit un bien déterminé, d'une étendue et d'une valeur modeste dont le maximum est fixé par la loi particulière de chaque État. Il s'y installe, il exploite et il améliore l'enclos étroit qui entoure sa maison. Cet immeuble est dès lors placé sous un régime spécial. Il peut être aliéné par le nouveau propriétaire, mais il ne peut plus être saisi contre sa volonté. La jeune famille a désormais trouvé son nid qui abritera plus tard comme dans un asile inviolable, la veuve et les enfants mineurs. La prévoyance du père, intelligemment secondée par le législateur, garantit ainsi le sort de toute la couvée. L'institution américaine prémunit le groupe familial tout entier contre les désastres possibles; elle est la dot du ménage qui se fonde, elle est la protection des berceaux futurs.

« La pratique du homestead n'a pas que des effets privés, elle a des effets publics. Elle multiplie dans un pays la classe des petits propriétaires; elle leur procure le pain de chaque jour; elle leur donne avec une situation indépendante, la dignité de la vie.

« Si nous introduisions le homestead en France, nos paysans et nos ouvriers en vivant plus souvent sous leur propre toit et au milieu des leurs apprendraient à connaître autrement que d'une façon

théorique, et par conséquent ils appren-
·draient à respecter davantage ces deux
institutions qui sont les colonnes de notre
ordre social : la propriété fruit légitime
du travail et de l'épargne et l'héritage qui
reliant intimement le père aux fils est bien
la première, la plus profonde et la plus
sainte des solidarités humaines.

« Aujourd'hui le capitaliste peut, chez
nous, sans aucune limitation de somme se
constituer une fortune insaisissable en
achetant des rentes sur l'État; aujourd'hui
la femme française, même la plus riche,
peut, en se mariant, frapper d'insaisissabilité, jusqu'à concurrence de plusieurs
millions, s'il lui plaît, tous ses immeubles
dotaux. Le projet actuel propose que pour
un acte de prévoyance et de dévouement
éclairés, qui n'imposera aucune charge au
trésor, qui réduira au contraire les ravages
du paupérisme, les humbles et les labo-
rieux puissent à plus forte raison assurer
d'une façon simple, économique et so-

lide l'existence de leurs jeunes enfants.

« Encore une fois il ne s'agit pas ici d'un système conjectural. L'expérience du homestead a été brillamment faite aux États-Unis. Il ne serait pas d'ailleurs difficile de prouver que le germe de cette institution démocratique était depuis longtemps inscrit dans nos Codes. Il ne serait pas non plus difficile de dire sur quels terrains spéciaux et dans quelles conditions particulières, le homestead pourrait le mieux réussir en France et y devenir le pivot de larges et fécondes opérations financières.

« Le projet actuel tend en définitive à ce double résultat : diffusion et conservation de la petite propriété.

« Trop longtemps l'épargne populaire a dormi dans les bas de laine. Trop rapidement de nos jours elle se perd dans le jeu malsain ou bien se volatilise aux mains de financiers sans scrupules. Le temps n'est-il pas venu de diriger de préférence les économies de nos ouvriers et de nos paysans vers la terre ? La terre du moins garde les capitaux qu'elle reçoit ; elle porte annuellement ses fruits.

« Le homestead donnerait plus de stabilité aux familles et par là il contribuerait à la grandeur et à la puissance de l'État. »

Les temps n'étaient pas encore venus pour la réalisation d'un projet aussi intéressant, aussi humanitaire, aussi démocratique. Pour des raisons que nous n'avons pas à examiner ici le projet de loi tomba dans l'oubli et il fallut une nouvelle expérience décennale pour démontrer l'impérieuse urgence d'une innovation définitive. Le 12 juillet 1909, la Chambre et le Sénat votèrent une loi qui instituait légalement le bien de famille et en réglementait l'insaisissabilité. Due à une pensée généreuse, et bonne à ce titre, cette loi fut accueillie avec faveur par les diverses fractions de l'opinion publique.

CHAPITRE II

LA LOI

LOI.

sur la constitution d'un Bien de famille insaisissable

LE Sénat et la Chambre des députés ont adopté,

Le Président de la République promulgue la loi dont la teneur suit :

TITRE Ier

CONSTITUTION D'UN BIEN DE FAMILLE

Art. 1er. — Il peut être constitué, au profit de toute famille, un bien insaisissable qui portera le nom de bien de famille.

Les étrangers ne pourront jouir des prérogatives de la présente loi qu'après avoir été autorisés, conformément à l'article 13 du Code civil, à établir leur domicile en France.

Art. 2. — Le bien de famille pourra comprendre soit une maison ou portion divise de maison, soit à la fois une maison et des terres attenantes ou voisines, occupées et exploitées par la famille. La valeur dudit bien, y compris celle des cheptels et immeubles par destination, ne devra pas, lors de sa fondation, dépasser huit mille francs.

Art. 3. — La constitution est faite :

Par le mari sur ses biens personnels, sur ceux de la communauté, ou, avec le consentement de la femme, sur les biens qui appartiennent à celle-ci et dont il a l'administration ;

Par la femme, sans l'autorisation du

mari ou de justice, sur les biens dont l'administration lui a été réservée ;

Par le survivant des époux ou l'époux divorcé, s'il existe des enfants mineurs, sur ses biens personnels ;

Par l'aïeul ou l'aïeule, suivant les distinctions ci-dessus, qui recueille ses petits-enfants orphelins de père et de mère, ou moralement abandonnés ;

Par le père ou la mère, sans descendants légitimes, d'un enfant naturel reconnu ou d'un enfant adopté.

Toute personne capable de disposer pourra constituer un bien de famille au profit d'une autre personne réunissant elle-même les conditions exigées par la loi pour pouvoir le constituer.

Art. 4.—Le bien de famille ne peut être établi que sur un immeuble non indivis.

Il ne peut en être constitué plus d'un par famille.

Toutefois, lorsque le bien est d'une valeur inférieure à 8.000 francs, il peut être porté à cette valeur au moyen d'acquisitions qui sont soumises aux mêmes conditions et formalités que la fondation.

Le bénéfice de la constitution du bien de famille reste acquis alors même que, par le seul fait de la plus-value postérieure à la constitution, le chiffre de 8.000 francs se trouverait dépassé.

Art. 5. — La constitution du bien ne peut porter sur un immeuble grevé d'un privilège ou d'une hypothèque, soit conventionnelle, soit judiciaire, lorsque les créanciers ont pris inscription antérieurement à l'acte constitutif, ou au plus tard dans le délai fixé à l'article 6 ci-après.

Les hypothèques légales, même inscrites avant l'expiration de ce délai, ne font pas obstacle à la constitution et conservent leur effet.

Celles qui prendraient naissance postérieurement pourront être valablement inscrites, mais l'exercice du droit de poursuite qu'elles confèrent sera suspendu jusqu'à la désaffectation du bien.

Art. 6. — La constitution du bien de famille résulte d'une déclaration reçue par un notaire, d'un testament ou d'une donation.

Cet acte contient la description détaillée de l'immeuble avec l'estimation de sa valeur, ainsi que les nom, prénoms, profession et domicile du constituant, et, s'il y a lieu, du bénéficiaire de la constitution.

Il reste affiché pendant deux mois par extrait sommaire et au moyen de placards manuscrits apposés sans procès-verbal d'huissier à la justice de paix et à la mairie de la commune où ies biens sont situés.

Un avis est en outre inséré par deux fois, à quinze jours d'intervalle, dans un journal du département recevant les annonces légales.

Art. 7. — Jusqu'à l'expiration de ce délai de deux mois, pourront être inscrits tous privilèges et hypothèques garantissant des créances antérieures à la constitution du bien. Pendant ce même délai, les créanciers chirographaires seront admis à former, en l'étude du notaire rédacteur de l'acte, opposition à la constitution.

Art. 8. — A l'expiration du délai de deux mois, l'acte est soumis, avec toutes les pièces justificatives, à l'homologation du juge de paix.

Celui-ci ne donnera son homologation qu'après s'être assuré :

1° Par les pièces produites, et s'il les juge insuffisantes, par un rapport d'expert commis d'office, de la valeur des immeubles constituant le bien de famille ;

2° Qu'il n'existe ni privilège ni hypothèque autres que ceux visés à l'article 5 ;

3° Que mainlevée a été donnée de toutes les oppositions ;

4° Que les bâtiments sont assurés contre les risques de l'incendie.

Art. 9. — Dans le mois qui suivra son

homologation, l'acte de constitution de
bien sera transcrit, à peine de nullité.

TITRE II
RÉGIME DU BIEN DE FAMILLE

Art. 10. — A partir de la transcription,
le bien de famille ainsi que ses fruits sont
insaisissables, même en cas de faillite ou
de liquidation judiciaire ; il n'est fait excep-
tion qu'en faveur des créanciers antérieurs
qui se sont conformés aux dispositions
qui précèdent, pour conserver l'exercice
de leurs droits.

Il ne peut être hypothéqué ni vendu à
réméré.

Néanmoins, les fruits pourront être saisis
pour le paiement :

1° Des dettes résultant de condamnations en matière criminelle, correctionnelle ou de simple police ;

2° Des impôts afférents au bien et des
primes d'assurance contre l'incendie ;

3ᶜ Des dettes alimentaires.

Le propriétaire ne peut renoncer à l'insaisissabilité du bien de famille.

Art. 11. — Le propriétaire peut aliéner tout ou partie du bien de famille ou renoncer à la constitution. Mais, s'il est marié ou s'il a des enfants mineurs, l'aliénation ou la renonciation sera subordonnée, dans le premier cas, au consentement de la femme donné devant le juge de paix, et, dans le second cas, à l'autorisation du conseil de famille, qui ne l'accordera que s'il estime l'opération avantageuse aux mineurs. Sa décision sera sans appel.

Art. 12. — En cas d'expropriation pour cause d'utilité publique, si l'un des époux est prédécédé et s'il existe des enfants mineurs, le juge de paix ordonnera les mesures de conservation et de remploi qu'il estimera nécessaires.

Art. 13. — Dans le cas de substitution volontaire d'un bien de famille à un autre, la constitution du premier bien est maintenue jusqu'à ce que la constitution du second soit définitive.

Art. 14. — En cas de destruction partielle ou totale du bien, l'indemnité d'assurance est versée à la caisse des dépôts et consignations pour demeurer affectée à la reconstitution de ce bien et, pendant un an, à dater du paiement de l'indemnité, elle ne peut être l'objet d'aucune saisie, sans préjudice pourtant des dispositions de l'article 10 ci-dessus.

Les compagnies d'assurances ne sont, en aucun cas, garantes du défaut de remploi.

Art. 15. — Il en sera de même pour l'indemnité allouée à la suite d'une expropriation pour cause d'utilité publique.

La femme pourra exiger l'emploi des indemnités d'assurances ou d'expropriation soit en immeubles, soit en rentes sur l'État français, à concurrence d'un maximum de 8.000 francs.

Art. 16. — Le tribunal civil statue, la femme et, en cas de prédécès de l'un des époux, le représentant légal des mineurs appelés, sur toutes les demandes relatives à la validité de la constitution, de la renonciation à la constitution, de l'aliénation totale ou partielle du bien de famille.

L'affaire est jugée comme en matière sommaire.

La femme n'a besoin d'aucune autorisation pour poursuivre en justice l'exercice des droits que lui confère la présente loi.

Art. 17. — L'insaisissabilité subsiste même après la dissolution du mariage sans enfants au profit du survivant des époux, s'il est propriétaire du bien.

Art. 18. — Elle peut également se prolonger par l'effet du maintien de l'indivision prononcée dans les conditions et pour la durée ci-après déterminées.

S'il existe des mineurs au moment du décès de l'époux, propriétaire de tout ou partie du bien, le juge de paix peut, soit à la requête du conjoint survivant, du tuteur ou d'un enfant majeur, soit à la demande du conseil de famille, ordonner la prolongation de l'indivision jusqu'à la majorité du plus jeune, et allouer, s'il y a lieu, une indemnité pour ajournement du partage, aux héritiers qui sont ou qui deviennent majeurs et ne profitent pas de l'habitation.

Art. 19. — Le survivant des époux, s'il est copropriétaire du bien et s'il habite la maison, a la faculté de réclamer, à l'exclusion des héritiers, l'attribution intégrale du bien sur estimation.

Ce droit s'ouvre à son profit, soit au décès de son conjoint, si tous les descendants sont majeurs ou, même lorsqu'il y a des mineurs, si la demande en maintien d'indivision a été rejetée, soit à la majorité des enfants, lorsque l'indivision a été maintenue.

Art. 20. — Il est constitué auprès du ministre de l'agriculture un conseil supérieur de la petite propriété rurale auquel doivent être soumis tous les règlements à faire en vertu de la présente loi et, d'une façon générale, toutes les dispositions intéressant la petite propriété rurale.

L'organisation et le fonctionnement de ce conseil seront fixés par le règlement d'administration publique prévu à l'article 21.

Art. 21. — Un règlement d'administration publique déterminera les mesures d'application de la présente loi.

La présente loi, délibérée et adoptée par le Sénat et par la Chambre des députés, sera exécutée comme loi d'État.

Fait à Paris, le 12 juillet 1909.

A. FALLIÈRES.

Par le Président de la République,
Le Ministre de l'Agriculture,
J. RUAU.

Le Garde des Sceaux,
Ministre de la Justice et des Cultes,
A. BRIAND.

CHAPITRE III

AUTOUR DE LA LOI

———

E premier, le plus indiscutable des avantages présentés par la loi du 12 juillet 1909 est évidemment la *stabilité du patrimoine*. Nous avons vu plus haut comment deux principes du Code civil pouvaient, dans leur application, provoquer le démembrement de la propriété ; le homestead tend à un but diamétralement opposé. Dans sa circulaire relative à l'application de la loi nouvelle, M. Ruau fait précisément remarquer que cette dernière, « en vue d'assurer la conservation de la petite propriété, déroge, en matière d'indivision et de partage, aux deux règles du droit commun en faveur du conjoint et des descendants. Par le maintien de l'indivision et surtout par l'attribution amiable de l'immeuble, le bien restera, temporairement du moins, dans les mêmes mains ; on évitera, s'il y a des mineurs intéressés, les frais du partage et de la vente en justice. »

Nous savons bien qu'on pourrait faire immédiatement cette objection de droit : « L'insaisissabilité confère au propriétaire du bien de famille un privilège tel qu'en vertu de cette immunité il pourra narguer impunément ses créanciers et échapper à la justice répressive. » A première vue, l'objection paraît sérieuse ; en principe, tout privilège n'est qu'un droit restreint ; si vous l'étendez, vous courez le risque d'en faire une prime à la fraude. En outre, tout individu a le droit strict de disposer à son gré de ses biens meubles ou immeubles, de son argent, de son travail, de tout ce qui lui appartient en propre ; mais ce droit est primé par celui qu'acquièrent vis-à-vis de lui son ou ses créanciers.

Tout cela, en théorie, présente une certaine apparence de raison ; il convient de noter pourtant que le privilège d'insaisissabilité accordé par la loi du 12 juillet au petit propriétaire urbain ou rural est loin d'être aussi excessif que d'autres privilèges similaires, celui notamment qui est accordé par l'État à ses rentes et qui se justifie d'ailleurs pleinement. Procédant encore par analogie, comment ne pas être frappé des avantages exorbitants conférés par le régime dotal aux biens meubles et immeubles de la femme ? Ici, le privilège d'incessibilité et d'insaisissabilité n'a d'autres limites que la volonté même des époux, exprimée et consacrée par le contrat de mariage.

On ne voit pas, dès lors, pourquoi le père de famille ne pourrait pas constituer à son profit, et au profit de sa femme et de ses enfants, un patrimoine insaisissable.

Quant à la répression des fraudes possibles et à la garantie des droits des tiers, la loi peut, quand elle voudra, y pourvoir dans une large mesure ; il lui suffira de s'inspirer du principe que « tout engagement pris doit être respecté » pour établir des sanctions adéquates.

En tout cas, l'article 10 a prévu cette objection, lorsqu'il définit que les fruits du bien de famille pourront être saisis pour le paiement : 1° des dettes résultant de condamnations en matière criminelle, correctionnelle ou de simple police ; 2° des impôts afférents au bien et des primes d'assurance contre l'incendie ; 3° des dettes alimentaires.

Le législateur a bien pensé que s'il était bon, grâce à l'insaisissabilité d'enrayer les ventes forcées, les expropriations et les ruines qui en découlent, il ne devait pas cependant favoriser des débiteurs de mauvaise foi. Voilà pourquoi il n'a pas voulu que la valeur du bien de famille insaisissable fut trop élevée et l'a fixée à 8.000 francs seulement, somme ni trop faible ni trop élevée, suffisante pour une famille et nullement exagérée. On a dit aussi que le homestead était en fait une prime à la paresse. L'assurance du pain quotidien, le besoin pour employer un mot brutal est le grand pour ne pas dire l'unique stimulant du travail et de l'initiative ; supprimez ce stimulant, l'individu tombera dans la paresse et l'oisiveté.

Remarquons d'abord que le principe du bien de famille n'enlève nullement au petit propriétaire le souci de l'entretien journalier. Il a la libre disposition d'une maison, d'un lopin de terre, c'est entendu ; mais cette propriété ne lui vaut pas le droit de se fournir gratuitement chez le boulanger, le boucher ou le tailleur ; il faut payer les fournisseurs, et pour les payer les espèces sonnantes sont indispensables. Il faut gagner celles-ci, donc il faut travailler.

Un second avantage de la loi du 12 juillet sera la *diffusion de la petite propriété*, contrepoids nécessaire à la centralisation formidable des capitaux.

Un écrivain distingué, M. de Mandat-Grancey, nous apprend que « à l'heure actuelle il y a, en Amérique, deux mille personnes qui, à elles seules, détiennent plus du quart de la richesse totale de la nation. » Et on a inféré de là que l'argument du bien de famille tombait à faux, parce que l'on comprenait mal l'évolution économique de l'Amérique. Il est incontestable, et nous ne le contestons pas, que ces deux mille citoyens, grâce à l'accaparement des capitaux, jouissent d'une situation privilégiée. On a assez parlé de la formidable puissance des trusts : trusts des

chemins de fer, de l'acier, du pétrole, du
blé, de dix autres produits d'une consom-
mation courante. Nous savons bien que,
pour les chemins de fer notamment,
quelques groupes d'hommes sont en mesure d'imposer leur volonté à toute une
population.

L'objection pourtant n'est pas con-
cluante. Personne ne songe à nier la pré-
dominance de l'aristocratie financière
aux États-Unis ni même dans nos vieux
pays européens ; mais que viennent faire
ces considérations au chapitre du homestead ? Est-ce parce que le nombre des
grosses fortunes tend à créer une sorte de
caste privilégiée que la petite propriété
doit se laisser envahir et englober dans les
grands patrimoines fonciers ? Au contraire, il faut réagir énergiquement, et le
homestead est particulièrement désigné
pour cette lutte : non seulement il main-
tient les petites propriétés existantes, mais
encore il est en état d'en susciter d'autres.

et de créer à son tour un mouvement puissant pour rétablir le juste équilibre économique.

Le législateur l'a très bien compris lorsqu'il accumulait toutes les facilités désirables pour la constitution du bien de famille. « Toute personne, dit la loi, capable de disposer pourra constituer un bien de famille au profit d'une autre personne réunissant elle-même les conditions exigées par la loi pour pouvoir le constituer. » Par conséquent, la constitution d'un bien de famille est permise aux personnes mariées, qu'elles aient ou non des enfants, et même aux célibataires ayant un enfant naturel reconnu ou un enfant adopté.

Et la circulaire ministérielle du 15 juin 1910 ajoute : « La femme peut accomplir seule, sans autorisation de son mari ou de justice, l'acte de constitution sur tous les biens dont elle a l'administration, notamment : 1° les paraphernaux, sous le régime dotal (art. 1576 du Code civil) ; 2° les biens dont elle a l'administration sous les régimes exclusifs de communauté (art. 1536) ; 3° même sous la communauté légale, voire sous la communauté universelle, les immeubles qui lui ont été légués ou donnés sous cette condition. »

Enfin, « le dernier paragraphe de l'article 3 établit que le champ d'application de la loi n'est pas limité aux ascendants ou aux descendants. Un parent, un ami peut assurer à un ménage quelconque la possession d'une maison urbaine ou rurale, la loi s'appliquant à la population des villes aussi bien qu'à celle des campagnes, sans distinction de profession ou de qualification. »

Il n'est guère possible, à l'heure actuelle, d'établir des statistiques définitives, la promulgation étant de date trop récente ; toutefois, il est bon de faire connaître qu'il résulte d'enquêtes poursuivies par le ministre de l'agriculture avec le concours des Chambres de notaires et des professeurs d'agriculture, qu'en France le nombre des grands propriétaires et surtout la surface occupée par eux vont toujours en diminuant ; que le nombre des moyens propriétaires et la surface occupée par eux vont toujours en augmentant ; que des petits propriétaires arrondissent peu à peu leur domaine, et que des ouvriers agricoles deviennent petits propriétaires. La petite propriété tend donc à reprendre une marche ascendante et la loi sur le bien de famille dont on a déjà pu, en de nombreux centres, enregistrer des résultats appréciables, ne peut que favoriser ce mouvement.

Il convient d'insister aussi sur un troisième avantage de la loi : la *sauvegarde des droits de la femme et des enfants*. C'est ainsi que l'article 16 établit que la femme n'a besoin d'aucune autorisation pour poursuivre en justice l'exercice des droits qui lui sont conférés. Cette dispense de l'autorisation du mari constitue, en faveur de la femme une importante dérogation au droit commun.

De même, nous avons vu, à l'article 3, que la femme peut constituer, sans l'autorisation du mari ou de justice, un bien de famille sur les biens dont l'administration lui est réservée.

A l'article 11, nous constatons que, si le propriétaire du bien est marié, l'aliénation ou la renonciation sera subordonnée au consentement de la femme donné devant le juge de paix.

Ces diverses restrictions ont été édictées dans le but de sauvegarder les droits légitimes de l'épouse, à laquelle elles assurent la pleine indépendance. Au point de vue de la capacité, la femme se trouve ainsi placée au même rang que l'époux, et son refus paralysera les projets du mari.

L'article 19 nous dit que si le survivant des époux est copropriétaire du bien et habite la maison, il a la faculté de réclamer, à l'exclusion des héritiers, l'attribution intégrale du bien sur estimation. Cet article accorde au père et à la mère de famille la place qui lui revient de droit à tous les points de vue. « La loi, nous dit la circulaire ministérielle, a voulu faire jouir le survivant des époux qui a contribué à la formation du bien de famille et à sa conservation d'un droit de préférence par rapport aux autres héritiers. C'est à cette maison que se rattachent ses souvenirs et ses affections ; il doit pouvoir en réclamer l'attribution intégrale, sur estimation, à l'exclusion des héritiers. » Celui qui a amassé jour par jour, franc par franc, un petit capital employé à l'acquisition d'une petite propriété dont chaque parcelle rappelle une peine prise, renferme une privation transformée en épargne, tient naturellement à la possession de ce bien.

La loi a pris des dispositions analogues au profit des enfants mineurs. L'article 18 dit notamment : « S'il existe des mineurs au moment du décès de l'époux propriétaire de tout ou partie du bien, le juge de paix peut, soit à la requête du conjoint survivant, du tuteur ou d'un enfant majeur, soit à la demande du conseil de famille, ordonner la prolongation de l'indivision jusqu'à la majorité du plus jeune, et allouer, s'il y a lieu, une indemnité pour ajournemeut de partage aux héritiers qui sont ou qui deviendront majeurs et ne profitent pas de l'habitation. »

La circulaire ministérielle du 15 juin 1910, commentant ce paragraphe, expose précisément que, « sans ces dispositions tutélaires, le bien de famille, à la mort du constituant, se trouverait exposé à un nouveau risque de destruction, au partage en nature provoqué par l'un des héritiers. Pour le garantir contre ce démembrement, l'article 18 permet de suspendre l'exercice du droit de partage.

Le maintien de l'indivision n'est que la conséquence du principe même de la loi. La raison d'être de l'institution étant de permettre d'élever des enfants, si le fondateur meurt avant d'avoir accompli sa tâche, le régime par lui constitué lui survit et achève sa mission.

En autorisant le maintien de l'indivision jusqu'à la majorité du plus jeune des mineurs, on évite les frais élevés de la licitation et on pourra, le jour où tous les héritiers auront pleine capacité, procéder à un règlement amiable. »

Au sujet de l'aliénation du bien, le législateur a établi, pour les enfants mineurs, les mêmes restrictions que pour la femme mariée. L'aliénation est subordonnée, dans le cas d'enfants mineurs, à l'autorisation du conseil de famille, qui ne l'accordera que si l'opération est avantageuse aux mineurs.

Comme on le voit, tout a été prévu et,

quelles que soient les circonstances qui se présentent, les droits de la femme et des enfants mineurs se trouvent pleinement sauvegardés par le maintien de l'indivision et surtout par l'attribution amiable de l'immeuble. Le chef de famille n'aura plus à s'occuper de la triste situation résultant pour les siens de son état momentané de gêne ou de sa mort prématurée : prévoyante et réparatrice, la nouvelle loi achève l'œuvre du fondateur et protège la famille placée sous sa sauvegarde.

Un quatrième avantage de la loi du homestead sera *l'arrêt de la dépopulation des campagnes*. Nous avons effleuré ce sujet dès nos premières lignes, lorsque nous disions que le paysan se voit peu à peu exproprié de son patrimoine ancestral ; et nous indiquions le principal motif de cet exode vers les centres industriels : les frais énormes de la procédure judiciaire.

D'après une récente statistique, il appert
que le nombre des saisies immobilières
s'élevait en 1878 à 6.370 ; il passait, en
1885, à 9.575, pour atteindre en 1889 le
chiffre de 14.278 : ce qui correspond, pour
une période de douze ans, à l'effrayante
augmentation de 124 pour cent. Ces
chiffres éloquents indiquent suffisamment
la gravité de la crise que traverse l'agriculture et qui fait craindre une déprécia-
tion des plus en plus grande des biens
immeubles et le manque complet de bras
pour la culture petite et moyenne.

Il serait superflu d'insister sur les dangers de cette crise agricole ; on a écrit sur
ce sujet de nombreux ouvrages abondam-
ment documentés ; les journaux et les
revues d'économie sociale nous ont
saturés de tableaux, de diagrammes, de
statistiques. Nous tenions néanmoins
à rappeler d'un mot tout cela, pour
bien montrer que la loi du 12 juillet est
particulièrement apte à arrêter l'effon-

drement de la petite propriété rurale.

Et ce résultat, elle l'acquiert de diverses manières : en supprimant la saisie immobilière, en assurant la conservation des biens familiaux et leur transmission héréditaire. Comme l'indiquait le rapporteur de la loi au Sénat, « elle contribue à retenir aux champs les paysans qui, actuellement, s'en éloignent trop fréquemment. Le cultivateur, protégé désormais contre l'adversité et même contre ses propres imprudences, n'étant plus exposé à se voir expulsé de sa demeure, s'attachera plus étroitement à la terre et la délaissera moins facilement qu'il ne le fait aujourd'hui. Le but de la loi est de souder la famille à la maison et d'en former un tout inséparable. Cette maison deviendra le foyer auquel se rattacheront tous les souvenirs, le centre des intérêts et des affections de la famille. »

Certains politiciens ont essayé d'infirmer cette thèse, en affirmant que le homestead est « une nouvelle forme de servage, puisqu'il a pour objet de lier l'homme à une habitation et à une portion de terre. » On voudrait agiter l'épouvantail du majorat et du droit d'asile, vestiges d'un autre âge que supprima la Révolution. D'autres vont même jusqu'à comparer le bien de famille à l'ancien fief féodal. « Vous allez, disent-ils, investir son fondateur d'une puissance équivalente à celle des anciens seigneurs. » « Grâce à ce système, ajoutent-ils encore, la propriété sera divisée en petits fiefs qui exciteront les convoitises et les jalousies de ceux qui ne présenteront pas les garanties ou n'auront pas les ressources suffisantes pour bénéficier de l'institution. »

Ces objections sont tellement spécieuses que c'est un jeu d'enfant que de les réfuter ; nous avons suffisamment insisté sur la nature et les conditions d'existence du bien de famille pour qu'il faille démontrer le mal fondé de ces critiques.

Plus sérieuse est la protestation de certains économistes qui nous font entrevoir la suppression du crédit agricole. Ils prétendent que l'insaisissabilité et l'interdiction d'hypothéquer enlèveront au cultivateur son seul élément de crédit : le gage immobilier. Il suffit de réfléchir quelques instants pour constater combien cette crainte est vaine et chimérique ; le paysan ne pourra plus, il est vrai, contracter d'emprunts hypothécaires, à moins toutefois d'avoir d'autres immeubles en dehors du bien de famille. Mais l'emprunt hypothécaire n'est-il pas le plus souvent l'avant coureur de la ruine ? Le cultivateur verra au contraire son crédit consolidé puisque son honnêteté consacrée pour ainsi dire par une disposition légale inspirera au prêteur une plus grande confiance ; ses habitudes de travail seront certainement une garantie plus sérieuse et plus efficace que le gage matériel offert par un débiteur de mauvaise foi.

Une famille propriétaire qui se sent stable, établie à demeure sur son petit domaine, offre d'autres garanties qu'un emprunteur dont l'immeuble est grevé hypothécairement et dont tout le revenu est absorbé par le service des intérêts.

Il faut donc s'efforcer de remplacer le crédit réel gagé sur l'immeuble par le crédit personnel de l'emprunteur. On obtiendra ce résultat avec le crédit mutuel agricole. Une loi de 1889 a en effet institué des caisses de crédit agricole mutuel, qui consentent des prêts aux petits propriétaires agricoles. « Le développement de ces caisses, a dit le rapporteur de la loi au Sénat, a prouvé que le paysan est un excellent débiteur toujours soucieux de s'acquitter pourvu qu'on lui en donne le temps. Les prêts consentis par l'intermédiaire de ces associations sont autrement avantageux que les prêts hypothécaires. Sans parler des formalités que ces derniers exigent, des frais qu'ils entraînent, excessifs quand la somme est peu élevée, on peut dire que le service des intérêts dépasse presque toujours les bénéfices de la culture, et qu'il conduit ainsi fatalement à la vente forcée.

« Le crédit le plus utile au cultivateur est celui qui repose sur sa personnalité même, sa probité, son intelligence, ses aptitudes, son travail et ses habitudes d'ordre. Mais ce crédit personnel suppose la conservation entre ses mains de l'instrument de travail. Celui-ci, c'est-à-dire son bien, doit lui être assuré. La certitude qu'il ne pourra pas être enlevé à son débiteur, qu'il connaît, et en qui il a confiance, est pour le créancier le meilleur gage de remboursement.

« Le nouveau régime, s'il rend plus rares les emprunts hypothécaires et par suite les expropriations, n'empêchera pas les cultivateurs honnêtes et sérieux d'obtenir les avances raisonnables dont ils pourront avoir momentanément besoin. »

*
* *

Enfin, il est un cinquième avantage qu'il convient d'examiner également : *l'extinction du paupérisme.*

Il ne peut être question, bien entendu, d'une extinction complète et immédiate de la misère : pareille chimère est du domaine de l'utopie, et nulle loi économique, quelque savamment combinée qu'elle soit, ne pourrait prétendre à un aussi extraordinaire bienfait. Il s'agit simplement d'une diminution partielle, graduelle, du nombre des déshérités du sort, et cette amélioration sociale, toute restreinte qu'elle est, présente assez d'importance pour qu'on s'y arrête.

Il est certain qu'après un laps de temps déterminé, les citoyens les plus imprévoyants finiront par observer autour d'eux, chez leurs voisins devenus propriétaires de biens familiaux, une somme de bien-être qu'ils ne soupçonnaient pas. De cette constatation naîtra non pas l'envie, mais une louable émulation pour obtenir une aisance équivalente.

De ce fait, le paupérisme aura reçu un coup mortel, puisque le nombre des biens de famille ira toujours croissant, proportionnellement à la quantité de chefs de famille qui acquerront conscience de leurs devoirs et se montreront soucieux de l'avenir de leurs descendants.

Du même coup, le nombre des oisifs et des paresseux diminuera dans une notable proportion, d'où un danger de moins pour l'organisme social. Loin donc de créer des revendications révolutionnaires, loin de précipiter la société vers un bouleversement économique, le homestead aura au contraire affermi les bases mêmes de cette société en endiguant la marée montante des malheureux et en éliminant toute une catégorie de révoltés dangereuse au premier chef.

Quelques adversaires de la loi ont émis

l'appréhension qu'elle ne serve à constituer, à la longue, une sorte d'aristocratie
des classes moyennes, une espèce de trust
des biens fonciers, capable de s'élever à
son tour contre les pouvoirs légaux ; ils
entrevoient des groupements possibles de
homestead, rétablissant un semblant de
féodalité immobilière qu'ils accusent dès
maintenant de tous les forfaits.

Raisonnons un peu.

Pour arriver à une pareille réalisation,
il faudrait évidemment supposer chez un
certain nombre de propriétaires de biens
familiaux l'intention bien arrêtée de créer,
sur d'immenses étendues de terrains, des
patrimoines contigus, de façon à constituer une colossale agglomération de biens
insaisissables qui deviendrait un État dans
l'État. Il faudrait admettre chez tous ces
pères de famille une entente concertée ; il
faudrait que tous se prêtent de plein gré
à cet essai de communisme d'une concep-
tion déconcertante ; il faudrait que tous

abandonnent le souci de leurs propres
intérêts pour n'agir qu'en vue des avantages de la communauté ; il faudrait enfin
que tous contractent les engagements
requis par la loi avec l'arrière-pensée de
les violer à la faveur même de l'insaisissabilité qu'elle concède. Vraiment, pareil
plan est trop machiavélique pour qu'il
puisse germer à la fois dans l'esprit de cen-
taines d'individus.

Supposons cependant que, par impossible, cette exploitation commune par-
vienne à une période de réalisation pratique ; supposons que cent, que mille biens
familiaux soient associés pour tenter cette
formidable épreuve. S'en suit-il que ce
groupement d'individus présentera les
dangers que nous signalent les adversaires
de la loi ? Semblable institution ne devien-
drait-elle pas au contraire le point de
départ d'importantes opérations foncières,
qui augmenteraient dans une large mesure
la prospérité nationale ?

Mais rassurons-nous, nous n'en sommes
pas encore là, et pareille concentration
de la petite propriété n'est pas à redouter;
des années s'écouleront avant qu'elle
puisse entrer dans le domaine des réali-
sations.

En attendant, la loi du 12 juillet conti-
nuera à répandre ses effets bienfaisants
sur les classes moyennes; l'ouvrier, l'employé, l'agriculteur verront grandir leur
bien être à la faveur du bien de famille.

Mais, nous dira-t-on toutefois : Tout le
monde n'est pas propriétaire d'une petite
maison. Comment devront donc s'y
prendre ceux qui ne sont pas propriétaires fonciers ou qui ne possèdent qu'un
champ, et qui voudront se constituer un
bien de famille? Dans ce cas ils devront
commencer par acheter un immeuble ou

par faire bâtir une maison. S'ils n'ont pas d'argent disponible, il leur appartiendra de se procurer par les moyens qu'ils jugeront le plus avantageux les fonds nécessaires à l'achat ou à la construction. Le cultivateur pourra s'adresser à une de ces Caisses de Crédit agricole dont il a été question plus haut. Ces Caisses, si sa moralité et sa solvabilité sont incontestables, se contenteront de sa signature, de celle de sa femme, d'une ou deux cautions, ou d'un contrat d'assurance en cas de décès.

Deux lois récentes contiennent des dispositions destinées à encourager la formation du bien de famille. Ce sont :

1° L'article 2 de la loi du 19 mars 1910 qui institue le crédit individuel à long terme en vue de faciliter l'acquisition, l'aménagement, la transformation et la reconstitution des petites exploitations rurales.

D'après ledit article, les prêts consentis en vue de ces opérations peuvent atteindre

8.000 francs, et leur durée peut être de quinze ans.

Les exploitations rurales pour lesquelles ces prêts auront été consentis pourront être constituées en biens de famille insaisissables.

Mais il convient de remarquer que les immeubles ruraux pourront seuls bénéficier des facilités de la loi du 19 mars 1910 puisque les prêts consentis par la Caisse de crédit agricole en vertu de ladite loi ne s'appliquent qu'aux exploitations rurales.

2° L'article 13 de la loi du 5 avril 1910 sur les retraites ouvrières et paysannes.

Aux termes dudit article, « lorsquè la retraite en cours d'acquisition dépasse 180 francs, l'assuré peut, à toute époque et après examen médical, affecter la valeur en capital de surplus, soit à une assurance en cas de décès, soit à l'acquisition d'une terre ou d'une habitation qui deviendront inaliénables et insaisissables dans les conditions déterminées par la législation sur la constitution d'un bien de famille insaisissable. »

Avant de clore ce chapitre, disons un mot d'une dernière objection soulevée par la loi du homestead.

« Aussitôt la loi promulguée, ont dit certains politiciens, le parlement sera saisi d'autres projets de loi ayant pour objet dé l'étendre aux biens mobiliers, et pour être conséquent avec les précédents qu'il aura créés, le parlement sera logiquement obligé de consacrer le droit de chaque citoyen à la possession inattaquable, inaliénable et insaisissable d'un avoir mobilier ou immobilier. »

Ces craintes ne reposent sur aucun fondement. La loi du 12 juillet définit clairement la nature du homestead ; le bien de famille, c'est l'habitation familiale, ce qui assure à l'homme son chez soi, son home. Il n'est donc pas question d'autre chose que d'une maison ou d'une portion divise de maison, occupée par la famille, et, facultativement, des terres attenantes ou voisines exploitées par la famille. Étendre le homestead à des valeurs mobilières ou immobilières serait le détourner de son but, et jamais le législateur ne commettra une inconséquence aussi énorme.

CHAPITRE IV

L'APPLICATION PRATIQUE
DE LA LOI

———

L'APPLICATION de la loi du homestead est un véritable jeu d'enfant; il suffira, croyons-nous, de ramener en un tableau récapitulatif la succession des obligations à remplir, pour en faire comprendre le mécanisme et l'économie.

Qui peut constituer un bien de famille? — Tout Français capable de disposer, père ou mère de famille, aïeul ou aïeule, parent ou ami; il n'est apporté par la loi aucune limite d'âge, de condition ou de profession. La loi étend même ses bénéfices aux étrangers, à condition qu'ils aient été autorisés, conformément à l'article 13 du Code civil, à établir leur domicile en France.

Quels objets peuvent constituer le bien de famille? — Celui-ci peut être urbain ou rural. A la ville, il comprendra nécessairement une maison ou une portion divise de maison, occupée par la famille; à la campagne, pourront s'adjoindre un bien immobilier, des terres attenantes ou voisines exploitées par la famille.

Dans les deux cas, la valeur des biens, y compris celle des animaux et des objets immeubles par destination, affectés par le constituant au service et à l'exploitation du fonds, ne peut pas, lors de la fondation, dépasser 8.000 francs.

Toutefois, la circulaire ministérielle du 15 juin 1910 prévoit le cas où le bien de famille, au moment de la constitution, sera d'une valeur inférieure à 8.000 francs;

il pourra, en l'occurrence, être porté à cette valeur au moyen d'acquisitions qui seront soumises aux mêmes conditions et formalités que la fondation.

« Il convient de noter, ajouté encore la circulaire, que le bénéfice de l'insaisissabilité restera acquis, alors même que par le seul fait de la plus-value postérieure, le chiffre de 8.000 francs se trouverait dépassé. » Le constituant urbain a donc la faculté d'embellir sa propriété, de rendre plus hygiénique et plus confortable son habitation. L'agriculteur pourra de même entreprendre toutes les améliorations agricoles susceptibles d'augmenter la valeur du bien : travaux de défrichement, de plantation, de drainage, d'irrigation, etc. »

Quelles causes peuvent empêcher la constitution d'un bien de famille? — L'article 5 de la loi du 12 juillet n'en prévoit qu'une seule, l'existence d'une inscription garantissant un privilège ou une hypothèque, soit conventionnelle, soit judiciaire. Il faut, dit la circulaire du 15 juin 1910, que l'inscription soit prise antérieurement à l'acte constitutif, ou, au plus tard, dans le délai de deux mois qui suivra la constitution, ainsi que cela résulte de l'article 7 de la loi.

L'article 2, paragraphe 2, de la loi du 19 mars 1910 sus énoncée tendant à faciliter l'acquisition, la transformation et la reconstitution des petites exploitations rurales, ne change pas la portée de l'article 5 de la loi sur le bien de famille, ainsi que l'a déclaré formellement le rapporteur de la loi sur le crédit agricole au Sénat :

« Le paragraphe 2 de l'article 2, qui stipule que les exploitations rurales pour lesquelles des prêts auront été consentis pourront être constituées en bien de famille insaisissable, ne modifie en rien l'économie de la loi du 12 juillet 1909 sur le homestead. »

Par conséquent dans les cas où la caisse de crédit prêteuse croira devoir exiger une garantie hypothécaire, l'exploitation acquise ne pourra pas être constituée en bien de famille, du moins tant que l'inscription subsistera sur l'immeuble.

Il faudra, comme nous l'avons déjà dit, que ceux qui feront appel à ces Caisses aient une probité à l'abri de tout reproche et des habitudes d'ordre et de travail pour espérer obtenir un prêt sur leurs simples signatures, celles de leur femme et à la rigueur en fournissant une ou deux cautions et un contrat d'assurance en cas de décès.

« Quant aux hypothèques légales, même si elles sont inscrites avant l'expiration du délai de deux mois, elles ne font pas obstacle à la constitution, mais elles conservent tous leurs effets nous dit la circulaire ministérielle. En ce qui concerne celles qui prendraient naissance postérieurement, elles pourront être valablement

inscrites, mais l'exercice du droit de poursuite qu'elles confèrent sera suspendu jusqu'à la désaffectation du bien. »

*Quelles sont les formalités à remplir
pour la constitution d'un bien de famille ?*
— Une simple déclaration reçue par notaire, un testament, une donation. Cet
acte initial contient la description détaillée
de l'immeuble avec l'estimation de sa
valeur, ainsi que les nom, prénoms, profession et domicile du constituant et, s'il y
a lieu, du bénéficiaire de la constitution
(art. 6).

Un extrait sommaire de cet acte constitutif doit rester affiché pendant deux
mois à la justice de paix et à la mairie de
la commune où les biens sont situés ; de
même, un avis doit être inséré deux fois,
à quinze jours d'intervalle, dans un journal du département recevant les annonces
légales.

Pour le cas de constitution d'un bien de
famille par testament, contrat de mariage

ou donation, il suffira de s'en rapporter aux articles 3 et 4 du règlement d'administration publique du 26 mars 1910 ; ces cas seront d'ailleurs relativement peu fréquents.

L'affichage de deux mois est requis afin que les privilèges et les hypothèques garantissant des créances antérieures à la constitution du bien puissent être inscrits. Quant aux créanciers chirographaires, ils seront admis à former opposition à la constitution, par simple déclaration devant le notaire rédacteur de l'acte, qui en fera mention en marge dudit acte.

A l'expiration du délai de deux mois, l'acte est soumis à l'homologation du juge de paix, l'article 8 de la loi établit les conditions de cette formalité. La circulaire du 15 juin complète cet article lorsqu'elle dit : « Chaque dossier doit contenir le certificat du maire de la commune où sont situés les biens, attestant l'affichage ; les exemplaires du journal d'annonces légales où a eu lieu l'insertion de l'avis prescrit par l'article 6 de la loi ; le certificat négatif d'inscriptions hypothécaires ; la police d'assurance contre l'incendie ; le certificat attestant qu'il n'a été formé ou qu'il n'existe plus aucune opposition, ou, s'il y a lieu, la copie de celles qui ont été maintenues. »

L'article 7 du règlement d'administration publique porte que l'expertise du bien de famille doit être confiée par le juge de paix, autant que possible, à un habitant de la commune où les biens sont situés ou d'une commune voisine, pour éviter les frais de déplacement qui grèveraient la constitution.

Enfin, l'acte de constitution doit être transcrit au bureau des hypothèques, à peine de nullité, dans le mois qui suivra son homologation. Cette publicité a pour but de prévenir les tiers de la situation spéciale du bien.

La circulaire ministérielle du 15 juin

prévoit et précise les immunités fiscales
dont jouit le homestead :

« Une institution nouvelle, aussi inté-
ressante au point de vue social que le bien
de famille, devait être favorisée par une
réduction des droits d'enregistrement.
Aussi, par application de l'article 13 de la
loi de finances du 8 avril 1910, la déclaration de constitution d'un bien de famille
ne sera-t-elle assujettie à aucun droit d'enregistrement, quand elle sera contenue
dans une donation, dans un testament ou
un contrat de mariage. Lorsqu'elle for-
mera l'objet unique d'un acte notarié, elle
sera passible du seul droit fixe de 3 fr. 75,
décimes compris. La transcription prévue
par l'article 9 de la loi ne donnera lieu à
la perception d'aucune taxe au profit du
Trésor. »

Notons que les frais de constitution
varieront en général de 60 à 80 francs suivant la forme de l'acte, la valeur du bien
et les incidents de la procédure (expertise,

opposition, etc.). Ils comprennent les honoraires du notaire et du greffier, le salaire du conservateur des hypothèques, l'indemnité allouée à l'expert s'il y a lieu à expertise, les frais de publicité et de correspondance, l'enregistrement et le papier timbré.

Voilà, nous semble-t-il, tout ce qu'il y a à dire sur l'application de la loi du homestead ; dans ces quelques pages pratiques nous n'avons pas cru devoir faire de distinction entre les biens urbains et les biens ruraux, la loi étant identiquement la même pour le petit propriétaire urbain et le petit propriétaire rural. Quant à la gestion de ces biens, elle relève non de la loi du homestead, mais de l'économie sociale ou de l'agriculture et n'a rien à voir avec l'application de la loi du bien de famille.

APPENDICE

ÉTABLISSEMENT
D'UNE PETITE PROPRIÉTÉ RURALE
EN CONFORMITÉ
AVEC LA LOI DU HOMESTEAD

———

IL est assez difficile, pour ne pas dire impossible, d'établir un plan-type d'installation rurale qui puisse convenir indistinctement à toute espèce d'exploitation ; trop de facteurs locaux tendent à modifier notablement les modalités que peuvent revêtir les constructions agricoles. En outre, le prix du terrain et le coût de la main-d'œuvre sont variables à l'infini.

Dans une banlieue suburbaine, la petite propriété rurale se composera habituellement d'un simple corps de bâtiment, entouré d'un terrain plutôt restreint, ce dernier se répartissant entre le jardin potager et le verger. En pleine campagne, le corps d'habitation se verra flanqué de multiples dépendances : granges, écurie, étables, bergeries, porcherie, clapier, poulailler, etc. ; de plus, les terrains adjacents, moins chers, par conséquent plus étendus, seront livrés à la grande culture : blé, trèfle, luzerne, betterave, etc.

De toute façon, qu'il soit situé en banlieue ou à la campagne, le bien de famille devra rester dans les limites fixées par la loi ; nous aurons donc à nous préoccuper de la manière économique d'utiliser les 8.000 francs qui représentent sa valeur.

Dans la grande banlieue, l'exploitation rurale sera surtout maraîchère et fruitière ;

le bien de famille comprendra donc l'habitation proprement dite, le jardin maraîcher et un petit verger. En raison de la valeur élevée du sol, nous croyons que le maximum d'étendue du bien foncier ne pourra guère dépasser un demi-hectare ; dans bien des cas même, il n'atteindra pas ce chiffre.

Approximativement, voici le devis proportionnel de cette installation :

Terrain	1.500	francs
Maison.	4.000	—
Dépendances	500	--
Meubles	1.000	—
Outils agricoles	500	—
Premier établissement	500	francs

Le corps d'habitation, bâti sur caves, comprendra, au rez-de-chaussée, deux pièces et une cuisine ; au premier étage, deux chambres à coucher, surmontées par un vaste grenier. Les dépendances consisteront uniquement en un petit hangar avec auvents, accolé à l'un des côtés de l'habitation.

Les outils agricoles seront ceux de la petite culture, c'est-à-dire les instruments indispensables à l'ensemencement du sol, à son entretien et à la récolte : semoirs, planteurs, houes, bêches, râteaux, etc. ; on y joindra une petite voiture à bras pour le transport des fruits à la ville.

Par frais de premier établissement, nous entendons l'achat des graines, et engrais nécessités pour le début d'exploitation, ainsi que le boisement du petit verger et la clôture du terrain s'il y a lieu.

En province, où le coût du sol est de beaucoup inférieur, la petite exploitation rurale atteindra facilement un hectare. Ici, le fermier pourra aborder résolument la grande culture : l'avoine, le blé, l'épeautre, le maïs, l'orge, le seigle trouveront tour à tour place dans son champ, tandis que la betterave et les prairies artifi-

cielles auront à demeure leur emplace-
ment déterminé.

Voici quelques chiffres approximatifs
pour cette installation :

Terrain.	1.000	francs
Maison	2.500	—
Dépendances	800	—
Meubles	900	—
Un cheval	500	—
Une vache.	300	—
Basse-cour, lapins, etc.	200	—
Machines agricoles . .	1.000	—
Premier établissement	500	—
Drainage et irrigation.	300	—

Le corps d'habitation aura les mêmes
dispositions intérieures ; il coûtera beaucoup moins cher, par suite du bon
marché de certains matériaux de construction dont on peut aisément se con-
tenter à la campagne. Les dépendances,
autant que possible séparées du corps de
logis, comporteront, au gré de l'exploi-

tant, hangars, écurie, étables, poulailler, porcherie, pigeonnier; obligatoirement, il sera établi une aire pour le battage du grain.

Nous avons réduit la quote-part des meubles à 900 francs, les nécessités rurales n'étant pas aussi exigeantes que les nécessités suburbaines.

L'achat des machines agricoles se réduira, bien entendu, au strict nécessaire; c'est-à-dire à l'outillage de préparation du sol : charrues, herses, rouleaux, scarificateurs, extirpateurs, et peut-être tarares et trieurs.

Le cheval devient indispensable dans cette installation; la vache sera grandement utile à cause de l'industrie laitière. Sans grands frais, poules, lapins, pigeons, porcs seront adjoints à la ferme à laquelle ils apporteront un sérieux appoint de ressources.

Pour que l'on puisse plus facilement se rendre compte de l'utilisation de certains produits, voici, à titre documentaires, quelques renseignements sur le prix des engrais :

Nitrate de soude : 25 à 32 francs les 100 kilos ; dose : 100 à 250 kilos l'hectare.

Sulfate d'ammoniaque : 25 à 35 francs les 100 kilos ; dose : 150 à 300 kilos l'hectare.

Superphosphates minéraux : 6 à 10 francs les 100 kilos ; dose : 400 à 800 kilos l'hectare.

Quant au coût du drainage, on peut le fixer entre 200 et 400 francs l'hectare.

Pour la construction même, voici à titre d'indication, la moyenne des prix communément appliqués en France :

Affouillement : 1 franc le mètre cube ;
Maçonnerie en fondation : 25 francs le mètre cube ;
Maçonnerie en élévation : 16 fr. 50.
Couverture : de 0 fr. 35 à 0 fr. 80.

La disposition des bâtiments et dépendances subira de nombreuses modifications, suivant les nécessités du système de culture adopté ; il conviendra néanmoins de ne pas oublier certains principes généraux, qui peuvent se résumer ainsi :

1° L'exposition des façades doit en général s'orienter au midi, de façon à sauvegarder au mieux les prescriptions d'hygiène ;

2° Pour les dépendances, on évitera le voisinage de bâtiments à destinations opposées : l'étable, par exemple, sera suffisamment éloignée du grenier à fourrages ;

3° Chaque local, autant que possible, sera nettement séparé, de façon à ne pas gêner le mécanisme des divers services ;

4° Toutes les précautions seront prises pour parer rapidement au moindre danger d'incendie.

Nous devons nous borner à ces quelques

indications générales, consacrées par l'usage constant; chaque exploitant trouvera de lui-même les modifications à apporter à ce plan général.

TABLE DES MATIÈRES

Angers, imp J. Siraudeau. — 11-3861